낮은 음역의 가락

낮은 음역의 가락

류병구 시집

다흘미디어

오래전 첫 시집을 내면서
자서自序에 이렇게 썼다.

"사랑은 사랑愛이고 생각思이다.
정중하고 고결한
눋지 않은 삶의 미학
아직도 사랑을
생각을
삶을 배우는 중이다."

지금도
그런 마음으로 글을 쓰고 그린다.

개칠 않은 정감에 덧대어
말을 다듬고 생각을 달구면
삼라만상 그대로가
모두 지극한 사랑의 모습이기에…

2019년 3월 류병구

차례

제3부 종손

제4부 템플 스테이

제1부
경칩 이후

경칩 이후

겨울이 흰 수건을 던졌다

TV도 끄고 내처 잤는데도
밤이 남았다
가용 포인트로 바꿔 쟁여두고
스르르 낮잠들 때 빼다 쓸 요량이다

경칩 날 꼭두새벽,
이르게 몸을 푼 서귀포 백목련이
밤새 달려온 조간신문 갈피에서
선잠으로 뒤척인다

기혈의 흐름이 심상찮은 사이
덜컥 불거진 꽃망울들

봄비가 내린다
살얼음 박힌 봄을 쪼개며 녹아 흐른다
경칩맞이 산개구리들이

삼월의 칠부능선을 서둘러 넘어간다

북촌에서

맑은 개천 웃동네
ㅁ자 한옥마을

궁한 샌님들 남촌보다
꽤 대궐인 줄 알았더니

옹색한 여염집 안방에
콩댐 비릿한 장판내가 물큰하고

막사발 엎어
초배바닥 수도 없이 문지르던
젊었을 적 어머니를 거기서 뵈었더라

완자 문살 미닫이,

당신 입에다 물 불룩하게 담아
푸 푸 뿜어 팽팽해진 문창호지…

그 속에
손수 말려 깔았던 단풍잎
서너 이파리에
문뜩 가슴이 저리더라

조막만한 아랫뜰에
채송화, 백일홍이 한창인데

맞배지붕 날렵한 곡선 휘감아
백악 산줄기 저 쪽
서촌으로 번지는 노을도

그 꽃빛이더라

소실점

두 선이 긴장한다

남프랑스 아름다운 마을
아를

론강을 사이에 두고
〈별이 빛나던 밤〉과 오늘밤이
들고나기를 반복한다

별은커녕 밋밋한 밤,
시선은 몰아왔는데
볼거리가 없다

눈길의 흐름을 잘못 짚은
지루한 밤

상황을 장악한 반 고흐가
'랑글로아 다리' 아래로

〈빨래하는 여인들〉을 불러 모았다

아낙들의 웃음꽃이 강물에 너울대고
감춰졌던 점, 선들이
돌연 매무새를 갖춘다

얼굴무늬수막새

밤을 깨워
천 년을 웃었는데도
사글지 않은

천 년을 더 웃어도
뭉개지지 않을
막새 지문
가만한 미소

그 본색의 무한소유를
천복이라 부르리

벌초

처서 며칠 후
귀밑 파고드는 바리캉 소리

이발소 색 바랜 액자 속
메밀꽃 봉평에 물레방아 돌고
지그시 눈 감은 곤한 아버지,
손에 든 신문도 같이 꾸벅인다

막 조발을 끝낸 아버지한테서
초가을
풀비린내가 확 풍긴다

할미꽃

싹 날 때 늙었는가
분 돋을 때 꼬부라졌는가

솜털 귓불 붉히며
저 내외하는 것 좀 보게

정한수 떠다
꽃잠 이불맡에 받쳐 놓고
애잔한 애모
하늘에 언약하려오

고개를 드오

끝없는 시묘살이에 지친
한참 과년한
초야의 신부여

황매산 매화꽃

황매봉 아래
진분홍 철쭉 군락 사이로

새벽이슬 묻은 매화의
외로운 몸짓

이전 내력에 밝은 산새들이
향기랄 것도 없는 미향을 물고
연신 허공으로 날아간다

얼른 질첩疾捷* 을 꺼내들었다

'황매화는 간데없고黃梅花不看
산철쭉만 가득 폈네山躑躅滿開'

---

* 질첩 : 불현듯 느낀 바를 한 두줄 급히 적어 놓은 비망록.

붉나무

녹음도 많이 지쳤겠다

하늘마저 업신여기던 섭씨38도가
빙하처럼 녹고 있다

도도한 여름 베어낸
호젓한 야산 자락에
그 머스마가 또 꽃불을 질렀나

긴 머리 땋아 내린
갈래머리 가시나,
달아오를 듯 뜨거운 불가슴

소금기 간간한
저 샛붉은 잎새

가을 산이 숨막히게 타들어간다

뜨거운 발원
— 화엄사 홍매화 앞에서

이른 아침부터 경내가 어지러웠다
겨우내 홀쳐맸던 소캐옷
부처님 앞에서 훌훌 말아던진
홍매화 보살

자홍 적삼 속, 접힌 가슴이 아슬하다
계율도 감내 못하는 빛깔 부신 춤사위
뒷산 자락이 눈을 비비고
각황전에 매달린 풍경도 소리를 고른다

이맘때면 어김없이 도지는 저 당찬 발원
지리산 봄이 이 보살을 보러
산줄기를 타고 내려온다

덕유산

상고대 하얗게 달린
설천봉 언저리

자리끼 찾던 산노루가
눈꽃 쓱 훑어
마른 목을 축이고 다시 올라갔다

흰산인가
청산인가

고사목에 핀 얼음꽃마다
동살 먹고 빚어낸
고적한 현란,

옥양목 애벌빨래 너울대듯
푸른끼 도는 굴곡진 대설원

곤한 밤 앞세워 달려온 산객들이

된바람 맞으며
언 바짓단을 흔들어 턴다

엉겨붙은 꽃들이 우수수 나동그라진다
순백의 생피로 다져진 언덕길
향적봉 올라가는 길

기다림

소, 대한 엄동을 두어 자 팠더니
따스한 숨결이 모락거리네

초벌 황토 잔에
덖음 찻물 골막하게 붓고
매화 꽃잎 하나 고요히 띄우리

평생 추워도
향기를 팔지 않는다기로서니

설마한들
첩첩 겨울 버티며
솔찮이 기다린 나를 어찌하겠는가

묵은 추억, 뜨거웠던 전모全貌를
익히 아는 그대가
손을 흔들면

내
더듬더듬 찾아 나서리

아니,
새별오름 들불 번지듯
잰걸음으로 달려가리

연꽃

희던가,
피면서 채색된 연홍이던가
진흙뻘 비비고 솟아오른
홍백련

다소곳한 자태에
내 뜬금없이 어지럼을 타다니…

더듬대며
불현듯 스치는 생각
그래
저 함구한 내색

'멀수록 더 맑은 향기'라 했나

뭇벌들이 옹알거리는 잔꽃술과
부처 사리를 모신 씨방들 두근대는
백로白露 저만치에
완연한 초가을 한자락 걸려 있다

박꽃

요 며칠
까닭 모를 심란 일어

행여
홀연히 달려간 메밀꽃 봉평

물레방앗길
토담집 반 응달에
뒷여름 허물 휘감은 덩굴손,

하얗게 분 오른
저 박꽃 한 송이,

나는 그곳에서
낯붉힌 동이 엄마를 보았어

밀회

오늘따라
분발 곱게 먹힌
수련,

듬성듬성
잔소름 돋친 꽃줄기

너른 잎 옆구리에 앉아
보는 척 마는 척

내내
왕눈만 껌벅이는
청개구리 한 마리

초가을

중모리 가락에 능한
꽃대궁 길게 뽑은 맨드라미
닭벼슬 꿰다 얹고

더위 먹은 허공에 대고
메기는 소리가 괴이쩍다

꼬끼오~
높고 긴 목청에

슬며시 허리끈 풀고
계면쩍은 발림*으로 되받는 각시꽃
은연히 이는 분 내음을
건들대는 들바람이 죄 훑어간다

---

*발림 : 판소리에서 창자와 고수가 서사적인 이야기를
소리(창)와 아니리(말)로 엮고, 더하여 곁들이는 몸짓.

곰배령 각시붓꽃

단옷날 며칠 뒤였지
아마,

곰배령 새각시가
자줏기 도는 배를 내놓고
아침 햇살을 쬐고 있더라고

홑고쟁이 비집고 얼비치는
조마조마한 아랫살

눈을 돌리고
불온한 맘을 감추고

코 쓱 비비며
길게 질러보는 헛기침에
점봉산 들꽃들이 자지러지더라고

동자꽃

깊은 옛 절
할머니 보살의 무르팍에
곯아떨어진
동자스님

기다림, 더 기다림으로 이어져
끝내
한 송이 꽃으로 피어오른
가장 어린
큰스님

아득한 약속

세상에서 가장 길고
막막한 말

'언제 한번'

피댓줄 보다 더 질긴
저 말
긴, 더 깊으로 이어져

끝내
죽어서야 지켜질
내밀한 언약

적설赤雪

남한산성 수어장대 가는 길
울창한 적송 사이로
붉은 눈이 쌓였다

3백80여 해 전
저 아래 잠실나루가
짙붉은 눈물로 범람한 때가 있었다

비틀거리던 역사가
아물지 않은 상흔을 동여맨 채
오금, 마천을 지나
눈 덮인 산성을 힘겹게 오른다

후드득 눈덩이 떨어지는 소리에
삼전도 쪽으로 난 우익문右翼門이 부르르 떤다

시룻번 떨어지듯

언덕배기 오름길이
좀 되다고 생각했다
오래잖아 사라질 달맞이 벽화마을

진 빠진 늦담쟁이가
고샅바람 한자락에 쓸려
담벼락을 붙들고 가쁜 숨을 쉰다

쇠대문 삐거덕 소리에 놀라
쪽마당에서 졸던 괭이 입에
혓바늘이 돋았다

퍽 오랜 정분을
포개 묻은 밤골

'철거' 'X'
멋대로 갈긴 스프레이 붉은 칠은
다 해진 적막을 지키는 부적들

떡시루 시룻번 떨어지듯
포클레인 굉음에
떨리는 고압 물줄기가 포물선을 그리며
서럽게 부서졌다

늙은 가지에 매달린 긴장한 홍시도
물땀을 흘린다

꽃술에 곤드라진 얼룩나비에 채 잡혀
밤골상회 언저리서 반나절을 탕진한
양녕로 34길

제2부
정오의 문장

정오의 문장

바람
미동도 않는데
수고양이 담장 타는 소리에
감꽃이 후드득 떨어졌다

연노란 낙화에는 해독 못할 글들이
깨알처럼 박혀 있다
엊그제 소나기에도 지워지지 않은
문장들, 부호들

풋풋한 편흔에서
퇴적한 생각 발라내는
나른한 혼곤

떫은 언어들을 줍다 말고
문득 카뮈*를 생각한다

내 옷에 꽃물만 옮아준

정오의 감나무숲
봄맛 밴 그늘이 유난히 걸다

---

*카뮈의 정오正午 : 카뮈가 주장한, 모순의 어느 한 쪽으로도
편협되게 쏠리지 않는 긴장된 모럴.

가을 자락길을 걸으며

허리 길게 굽은 자락길

생강 쥐똥 화살나무가
옅은 햇살에 제 몸 달구며
겨울 지낼 온기를 모으고 있다

운동회 릴레이 경주하듯
뒷여름 깊숙이 들어가 받아온 가을은
지금 만산홍엽

바통 넘긴 초록은 긴 더위 먹고
윤기 가신 빛깔이 지루하다

언덕바지 개옻나무 잎새에
붉은 혓바늘이 돋았다

가을볕에 쏘인 상처가 덧나
하산 채비하는 산꽃들이

낙화에 재어 묵힌 담향淡香을
옷갈피에 묻혀주는
수묵담채화 길

뒷가을

남한산성
새오고개길

때 이른 입동추위에 고개 떨군
상수리나무 잎새가
허공을 긁으며 추락했다

유영하듯 나부끼는
야생의 흐트러진 가락

실성하여
울다가
웃다가
산길에 머리 박고 끝내 자진한

너는

낮은 이별가 한 자락

내 귓가에 걸어두고 간
낙엽이었다

동편제

무슨 수로
저 강물을 붙들어 앉혔는지,

격렬하고 처절한
'적벽강 불지르는 대목'이었을까

'하늘이 터그르르르르…
풍성은 우르르르르…'

빠르게 몰아가는 장단에
담백한 반마침

장렬한 '소리'가 더 나올 듯
말 듯

진작에 떠났어야 할 강물이
〈적벽가〉 자진모리에 오금이 저려

이슥한 밤에도
어기적대는 적성강 물길

갯노을

젊은 연인들
짝지어 거니는
강화 선두리 바닷가

내 짝은

저기
개흙 묻힌 채
뱃머리에 부딪치며

벌겋게 스러져 가는
갯노을이라네

황새냉이꽃 좋아하세요

겨우내 팽개친 화분 구덩이에
조몰락거려 만든 좁쌀톨
하얀 좀꽃이 다복다복 피었다

옆으로 기어가듯 벋고,
잔솜털 팔랑이는 네 힘에
된겨울도 맥없이 허물어졌구나

쪼그리고 앉아야만 보이는
왜소한 흑자색 줄기가
폭 넓고 긴 강이라니…

애기별꽃만도 못한 꽃잎에
집채만한 산이 들어앉았다

그 비방이 뭐냐고 물으니
작은 입 오므리며 수줍게 웃는다

2월

여덟 달 만에 낳은 팔삭둥이,
변변치 못한 사람을 이르는 말이다
그 말은 이젠 다 틀렸다

정이월 대목에 갓 나온 과일, 푸성귀들은
두어삭둥이, 한삭둥이도 있다

2월을 두고 모자라는 달이라는데
올림픽 성화로 하늘이 이글거리고
깊은 산 눈꽃 쏟아지는 소리가

소맷귀를 적시며 후벼드는 겨울 끝자락
새학기를 앞둔 설렘과 기다림의 꿈달

누가 이 장엄한 탄주彈奏를 들으며
옹색한 달이라 할 수 있으랴

2월을 밟아야 경칩이 오고

울안 조그만 화단자락,
홍매화 꽃망울 삐죽 터질
초읽기에 들어간 이 달을

누운주름잎꽃

저 앙증맞은 꽃부리 좀 보라지
새끼양 입 오물거리는 소리

밭물빛 스민 꽃내음 하며
햇살 물고
바르르 떠는 떨기떨기

눈 깜박 감은 사이
날름 내민 붉자줏 입술

서둘러 나온 앳된 나비가
살그머니 깨물다 가는 것 좀 보라지

벌노랑이꽃

한두해살이 금계국은
외래종이고
여러해살이 벌노랑이는
토속종인데

안팎 꽃들이 잡섞여 사는
상색마을
너른 꽃밭

땅 짚고 기어가는
벌노랑이,
반 응달 미풍에 설레어
나비춤을 추네

보거나 말거나
느린 한배*로 추네
왼 여름 다 가도록
추고 또 추네

* 한배 : 전통음악에서 속도 즉, 템포를 이르는 말.

풍도

꼭두 삼월
대부항 방아머리를 떠난 배가
시간 남짓 바다를 휘젓고 나서
풍도에 닻을 던지자

복수초, 바람꽃, 풍도대극…
후망산 오종종한 들꽃들이
덤불 속에서 분첩을 토닥인다

간밤을 꼬박 샜다는 분홍 노루귀
살바람에 솜털 바르르 떠는
저 요상한 용틀임 좀 보라지

스스러운 아름다움이랄까
애잔한 실연의 내색이랄까

몸을 낮추고 호흡을 다듬었지만
물어보기도 뭣한 그 숨결,

풍도가 술렁인다

화야산 얼레지

밋밋한 수술 삐죽 내민
목대 긴 바람개비
연자주 꽃잎 뒤로 젖히고

갓 익은 햇살로 눈얼음 태워
바람도 없는 바람기
부둥켜 안는다

여민 치마 풀고
아랫몸 깊숙한 속살 봬 주는
당돌한 여인

섭슬리는 낙엽 켜켜이
함몰된 시간이 서식하는
화야산 된비탈,

산객들에게 들킨
한갓진 반응달 여기저기

날내 나는 햇봄이
슬몃 덤불을 딛고 일어선다

지심도 동백꽃

장승포를 지척에 두고
마끝 절벽바람에 살랑이는
동백섬 오솔길

두터운 숲그늘로 툭 뚝
선혈이 낭자한 뜨거운 묵언들

'마음心'자로 가로 누운
죽어서 되 산
타오르는 꽃부심은

늦썰물 끌고 가는
심란한 바닷소리 때문일까
성한 꽃 생피 내는 그 새 때문일까

해는 떨어지고
동백꽃
꽃잠 이부자리 펴는 소리

저문 숲에
청사초롱이 내걸린다

한식날

바람기가 좀 돈다고 느낀 건
순간이었다

산꽃들이 무더기로 지르는 통성이
골짜기에 매캐하게 번지고
뜨거운 불길이 금세 한식을 할퀴어댄다

불 없는 날이라고 방심한
애쑥 봄냉이들이 까맣게 질려
오들오들 떤다

재 묻은 산까치 한 마리가
허공을 곤두박질치더니
첨벙…
으깨지는 격렬한 포말

너울대는 불춤에 망연한 선산,
등 굽은 소나무가

타드는 산소를 신명을 다해 끌어안고 있다

의도된 해후

— 오베르 쉬르 우아즈*에서

엊그제 오르세에서 만나고
오늘 또 당신을 봅니다
한이틀 상관인데 그새 날 못 알아봐도
옹색한 투정 않겠습니다

다녀간 흔적으로
짐짓 자화상 한 점 베껴
메모판에 질러 놓습니다

마을 앞으로 난 우아즈강이
당신의 마지막을 기억할까요

짙은 상흔, 격렬한 고독이
아를의 별 보다 더 총총했던
반 고흐
쥬뗌므,
사랑합니다

이렇게 말고는

딱히 표현할 재간이 제겐 없습니다

* 우아즈Auverssur Oise : 반 고흐가 37세로 요절하기 전 마지막 70여 일을
머물며 작품 활동을 하다가 생을 마감한 파리 북쪽의 작은 마을.

빈집의 역설

강화 교동도 가는 길
외따로

늙은 집 한 채가
오래전에 떠난 옛 주인을 기다리며
문밖을 서성이고 있다

갯바람이 무시로 들락이고
잡풀씨만 날아와
축축한 그늘에 철심을 박는다

뼈가 삭는지 삭신이 저리고
넓적다리 가랑이가 슬프게 드러난
입 다문 듯, 아닌 듯…

썩은 서까래에 겨우 기댄
이 집의 새 주인은 고독이다

두물머리 겨울 연

매운 겨울
남한강 된바람에
허리 꺾인 연

학, 외다리로 서듯
물 밟고 선
조락한 꽃이여

내 앞에서
조춘의 가슴앓이를 티 내려는가
눈 내리깐 저 내색

강 저쪽
윤슬이 반짝이는 이 아침에
서리 먹은 알몸을 해가지고

무안케
남 무안케시리

초혼招魂을 부제로 한 레퀴엠

오종종한 풋감들이 수북이 떨어졌다

감나무 그늘이 처마 밑에 기대어 조는
안골목 판잣집 시멘트 마당

낡은 슬레이트 지붕 위에
털고무신 한 켤레가 북쪽을 보고 엎힌
유월 어느날

집게에 물린 속적삼이
빨랫줄에 말려 만장처럼 펄럭였다

땟국물 흐르는 길고양이들이
밤새 이슬 맞으며 대곡代哭할 뿐
오가는 그림자도 없었다

하늘 좀 실컷 올려다보고,
지하철 한번 타보는 게 소원이라던

활꼬부라진 아흔세 살 박할머니가

감물에 찌든 털신을 신고
해 가는 길 따라
먼 길을 나섰다는 걸 안 것은

먼 산 아지랑이가 유난히 아른대고
잡새들 지저귐이 곡성처럼 들리고도
며칠이 훨씬 지난 다음이었다

세존도 世尊島

쪽빛 바다에 취해
가출한 바위가
남해 밖 멀리에 둥지 튼 섬

그곳엔 묵은 침묵이 산다
멈춘 시간이 같이 산다
여래도 거쳐 갔다

둘이면서 둘이 아닌 문으로
바닷새들이 들락이며
거친 물결을 눌러 앉힌다

물비늘이 곱게 돋고
망망 시방에 연꽃 한송이 핀다
묵언의 빛살도 수북 쌓인다

해풍에 쫓긴 성근 파도가 누워 있는
그 섬은 지금

청정한 그리움이 자욱한
적멸의 꽃밭을 꿈꾸고 있다

도깨비바늘

사랑은 가까이 할수록 잘 여문다
피할수록 달궈지는 사랑도 있다

바짓가랑이에
막무가내로
가시바늘 꽂아대는 뜨끔한 야성,

저 들바람 때문인가

입때껏 입 다물던 가을이
그렇게 운을 뗐다

으뜸 소리

소리의 으뜸 품격으로는

'그윽한 밤, 아리따운 여인의
치마 벗는 소리'라 했다지

돗자리 옆구리에 끼고
이슬 풀섶 제치며 오르는
성묘길

종다리, 숲새들의 지저귐이
으뜸 중의 으뜸일 듯…

산찔레 향 귓불에 묻힌 숲이
허리끈을 풀고 있다

제3부
종손

종손

내수 닷새 장날

어린 손자가 할아버지 손에 이끌려
종종걸음으로 쫓아간다

두어 발자국 뒤로 할머니가
지팡이를 짚고 간신히 뒤따른다

어디 가셔유
응, 장에… 아이 신발 하나 볼려구

그러시구먼유
얘가 종손인가벼유
그렇구먼
아녀유, 나 석민인데요
음, 그려? 허허…

낮술 한 잔 걸친 불그스런 영감 머리 높이

비행기 꼬리구름 긴 여운이 오래 머문다

아직은 뙤약볕이 발끈하는 추석 목전
모시 노타이 속으로 스민 냇바람이
줄땀을 훔쳐준다

무심천

잔물결이 바르르 인다

잃어버린 시간을 거슬러
무심히 돌아 흐르는
수줍은 큰 내

방차둑에 쪼그리고 앉아
한벌 쪽 노을을 바라보며
나뭇가지로 긁적거린 고백

저무는 눈빛으로
한 번은 꼭 만나고 싶었던
당신,

첫사랑

동살 잡히다
— 소등섬에서 일출을

잠시 숨을 고르는가 싶더니
머뭇대지 않고
밤새껏 메다꽂는 파도소리

별빛 닮은 호롱불 켜놓고
허튼가락 주워 담는
장흥 소등섬

득량만 휘감는 동살을 구슬러
지척의 선착장에 부려놓는다

아침뜸*이 슬쩍 댕겨간
장엄한 해돋이 남쪼마을에

석화구이 향긋한 내음이
덤으로 따라온다

*아침뜸 : 아침 무렵 해안 지방에서 해륙풍이 바뀔 때
잠시 바람이 잠잠해지는 현상.

죽순

밤새 내린 단비를
온몸으로 받아 낸
여린 모종들
자잘한 물방울을 연신 삼킨다

비구름 슬며시 젖힌
빼꼼한 하늘
살바람 언뜻 불러

출근길 우산에 묻은
골 파인 물자국을
말끔히 털어낸다

햇 죽순이 오른 아침상에
댓잎 삭는 소리가
버무려진

소만小滿 전후

해운대 마천루에 올라

소리 없이 일렁이는 바람을 만져보다
오늘도 그 자리인 테트라포드를 바라보다
물안개로 가득 메운 허공에 베었다

늠연한 파도 부대끼는 바다를 굽어보다
출렁이며 부서지는 포말을 잡아보다
고요히 흘러가는 구름을 놓쳤다

갈매기 소리 넘실대는 광안 해변에
덧없이 내려앉는 노을을 뒤로 하고
더듬이 삭은 내가 오도카니 서 있다

동박 울음 기다리다 더 기다리다
밤이슬 덮고 곤히 잠든 동백섬
울음꽃을 떨군 이슥한 숲

때아니게 후더웠던 밤

책의 수명은 언제까지일까

청계천 헌책방거리에 가면
손때 묻은 책들이 탑처럼 쌓여 있다

잉크 냄새가 코를 간질이는 새 책도
'신간 코너' 좌대에 앉아
손님을 기다리는 빼곡한 공간,

렌과 젊은 베르테르가 책덤불 속에서
슬픔을 공유한다
사월의 목련꽃이 흰 그늘로 가려준다

잔먼지를 뒤집어쓴
어느 콧수염 정치인의 포효가
천정을 찌르고

발 댈 틈도 없는 매장을 돌아보다
슬그머니 나가려는 책 사냥꾼

뒷 표지,
값이 박힌 바코드가
머뭇대는 등을 붙잡는다

얼마면 되겠수?

근으로 달아 데려온
숱한 스토리를 함축한 지식들, 지혜들

간택의 요행을 기다리며
마수걸이 고객의 속맘을 조심스레 건드린다

고궁의 햇가을

창덕궁 후원으로 돌아든
나른한 오후 서너 시

영화당 툇마루

늘어진 햇살이
슬그머니 문지방을 넘어
너른 대청에 큰 대자로 눕는다

별안간
장지문 창호지에 부딪히는
궐새들의 두드러진 화음,

깜박 졸던 부용지 백련이
화들짝 놀란다

궁장을 타고 넘어온 참새 한마리
섬돌 위를 또닥이며

웃자란 가을볕을 쪼아대고

숲바람은
접었던 부채를 다시 편다

귀가 가렵다

선릉에서 분당선을 타고
굴속을 헤집으며
정자역을 가면서

동창회 다녀오는
옆자리 여인들이 빚는
첫사랑을 흘겨 듣다가

불현듯이 잡아채어
눈꺼풀 속에 쟁이고,

문득문득
마모된 감정을 꿰어 본다

흔들리는 공간에서
정자를 다 오도록
봄날이 다 가도록

눈깔사탕처럼

쉬 녹지 않는 묵은 노래

두어가락

해시태그*

돌산 무슬목 해변,
나뒹구는 작은 돌멩이를 하나 주웠다

소금기로 절은 파도에
밤낮껏 부대껴 반질거리는
무골 수석

각중에 부끄럼을 타는지
천년 묵은 맨살이
가늘게 떤다

트위터에
'#무슬목맨살몽돌'이라 쳐놨더니
순식간에 실시간 검색어
1위를 점령했다

난생처음
사람과 부벼대며

느닷없이 딴 세상 맞은
울컥이는 조약돌

---

*해시태그HashTag : 트위터에서 사용자가 원하는 주제의 검색을
편리하게 돕는 기능.

단팥빵

동네 길모퉁이 베이커리 빵집이 문을 열었다. 고게 글쎄 아랫목 구들장에 데었는지 검붉그틱한 얼굴에다 나만 보면 힐긋거리며 분곽을 꺼내 들더라고. 기름 실실 처바르고 검은 깨 몇 알갱이 묻힌 면상이 영락없는 주근깨 인형이었어.

옛적부터 저를 무척 좋아했다는 소문을 어디서 들었는가 보조개는 움푹 파여가지고 거는 수작이 어찌 괴이쩍던지. 썩 괜찮은 바탕은 아니나 심지는 깊어서, 이 단어 결코 쓰고 싶진 않지만 '앙꼬' 말이야, 따로 비방이 있겠지만 그 맛… 그 맛 때문으로 오랫동안 체크카드 얼마나 긁었는지 몰라.

몸을 좀 헤피 굴려 야유회다, 운동회마다 생수병 하나씩 꿰차고 여기저기 참견하는 통에 정나미가 좀 그렇긴 하지만, 아무렴 치마꼬리 꼬나잡고 젓가락 두드리는 데다 바치는 것 보단 백 곱절은 낫지 뭘. 길 건너 옛날 어머니 솜씨라는 '고향 식당' 아주머니가 빙그레 웃고 서 있네 그랴.

거룩한 산실産室

장맛비가 스쳐가는
시흥 관곡지

연꽃을 수태한
만삭의 물방울들

이슬 비칠만 하면
장대비에 쓸려
유산,
또 유산…

연거푸 잃었다

묵묵히 삭이며
다른 때를 기다리는
비릿한 소멸

백련白蓮

초복과 중복 사이

지하철 공사가 막바지인
서울9호선 3단계 구간

낮 최고 기온 37도의 폭염에
살이 탄 근로자들이
흐르는 땀으로
고래 미역 감듯
그냥 멱을 감는다

네팔에서 왔다는 젊은이
마방의 후예,

산달이 찬 아내를 위해
미역 한 뭇* 살 하루치 땀방울을
팔뚝으로 쓱 그러모은다

뻐근한 눈물을 꿀꺽 삼키는
검디검은 얼굴
웃는 입속에 백련 한 송이 활짝 피었다

---

*뭇 : 미역을 묶어 세는 단위. 한 뭇은 미역 열 장이다.

나랏말싸미

눈 내리는 12월,
덕수궁
세종대왕상

가만한 반입속말로 여쭈었다
대왕이 아니시었으면
우리 2만이 넘는 시인들
어찌 되었을까요

이를테면,
'곤드라진다'를 뭐라고 썼을까요

모르긴 해도
倒下라 했겠지요?

그 눈 다 맞으며
조용히
책갈피를 넘기신다

나랏말싸미 듕귁에 달아…

늦가을과 초겨울 사이

아침결 양재천,
징검다리 돌턱에 걸린 낙엽들이
거센 유속과 기력 쌈을 하고 있다

쓸어가려는 물살과
죽기 살기로 버티는 몸부림

새참 요기도 못한 잉어들이
불안한 눈을 부릅뜨고,

각진 돌 좁은 고랑으로 감겨 도는 바람살에
늦가을이 혼절한다
못다 운 울음이 수면 위로 차오른다

맴도는 물오리에게 승패를 물어보니
"겨울의 완판승입니다.
판정을 미루고 있을 뿐…"

하필이면 낼모레가 입동이다

삶 속

설 인파로 북적이는
육거리 시장통

다보여래의 사리가 그리 무거웠던지
습濕진 바닥에 어프러진 황금색 돌탑

오가는 행인들 발끝에 채이고
누구 하나 일으켜 세우는 이 없어도

삶 속으로 들라는 석가여래의 설법을 받들어
국보 제20호는 엎드려 아픈 기쁨을 토하고

대목장 보려는 행렬로
장터는 왼종일 미어진다

속리산

소백 깊숙한 자락
시간을 닫아건 큰 절
법주사

스님이 아침 법문을 끝내자
산바람이 내려와
법당을 훔치고 올라간다

부처님이 마짓밥*를 자시는지
매미의 떼울음도 자지러든다

복천암 계곡물에 갇힌
흰구름
맑은 알몸이다

속 때 벗은,
속俗 때 벗은 그 산
속삭이는 소릴 무심히 듣노라면

먼 죽비소리

산죽 오리숲길에 나직이 깔린다

*마지摩旨 : 부처에게 올리는 밥.

폐광

그때만 해도
작부의 분첩에 홀린
후미진 밤은 피곤을 몰랐다

멋대로 편곡된 유행 가락을
대폿잔에 부어 넘기고

통금 사이렌은 새벽까지
홍등을 가둬 놓았다

언제부턴가

천 길 막장엔 검은 파도가 넘실대고
어둠 속에 하늘을 묻은 채
더 깊은 잠에 빠진
흉물스런 몰골들

떼까마귀가 적막을 헤집는

검츠레한 저 골짜기를
한바퀴 휘 돌아 나온 깡마른 메아리

까지와 부터

까지의 끝과
부터가 시작되는 틈새

75분의 1초
또는 순간

부터는 까지를 포함할까

상동 호수공원의 풍차가
쟁여둔 이슬방울을 떨구며

곤한 풀잎들을
놀래켜 세우는 망종날 새벽

풋꿈

금세
사방이 어둑거린다

하늘이 꺼풀을 치고
소피를 지리는 동안
달마산은 자욱한 안개를 두르고,
갯바람도 이내 뻘에 머리를 박는다

땅끝
미황사 가는 길

횅한 숲길을 무심코 따라가다
나뭇가지에 걸린 소 울음소리
어둔하게 읽어 채는데
웬, 누룽밥 끓는 소린 뽀글거리고

사방이 별안간 환해진다
주방 문틈으로 아내가 어른거린다

같잖은 개꿈이었다

제4부

템플 스테이

템플 스테이

무거운 침묵이 외줄을 탄다

긴 세월
걸어 잠근 산사는
수행자들의 적음寂音이
봉인된 음역이었다

미풍 없이도 파도가 우는 절간,
밤달 밝은 선방에
숙성된 고요가 흐른다

요사채 앞 웅덩이
두어 뼘 물속에 부좌한 수련이
겉잠 한숨 부치고 있다

괴불의 추억

옛 자잘한 추억을 깁다가
솔기 터진
노리개 하나를 만지작거렸네

병상에 누운
막내고모 처녀적에

풀솜 재워 공글린
청홍색 바늘집

사진 액자에 눌린 괴불,
몽실한 세모꼴 바랜 자죽이
설핏 아른거렸네

그 틈새로
누진 저녁 어슴푸레 다가오고
쉰 노을이
울컥 붉어지는 걸 보았네

선유도원도 仙遊桃園圖

시골 뒷산
야트막한 복숭아밭

지난 장맛비에 피붙이들 그리 잃고도
간간이 내리꽂는 햇살 낚아채어
볼이 미어지게 토실하고

짙은 노을도 붉은 열꽃을 피운다

잔털 까실한 뺨 비벼대며
불그스레 익은 황도

깊은 골짜기 반쯤 열린 사립문 안에
신선 한 분이 부좌를 틀고 있다

수밀, 도향에 취해 유연자적
띠풀 얽어 하늘을 가리고

밤에만 이따금 동자를 불러
바깥 동정을 살핀다는 그,

말복 날
아내의 과일칼에 허물어진 움막집
선옹은 간데없고
도원으로 난 오솔길만 아른댄다

일출 전야

온 생을 걸었나
그곳에

바람을 몰아
수억 년을 달려오고
치고 밀려온 거대한 파도는

창백하게 탈진한 포말을
깨알 모래톱에 쓸어 지웠다

동살 퍼지는
장엄한 해돋이를 꿈꾸며
뒤척이는 바다

해송의 숨소리 뜨거운 밤을
고스란히 새운다

장 콕토, 모네도 되살아와

함께 지샌
그리운 동쪽나루

정동진

목화

하얗다가, 어떻게 노랗다가
그늘 들추고 햇살 끌어들여
불그레진 꽃

밤에나 울던 장닭이
한낮에 울더니

긴 네줄박이
만삭의 다래

이슬 보인 소캐*의
저 삐죽한 노출
따습고 따스한 기품이여

---

*소캐 : 솜의 방언.

막술*

칠흑 속 나사 집을
힘겹게 기어 나온
허기진 달팽이

돌연
사나운 천둥소리에
배춧잎 아작대며 꿀꺽 넘기고

좁은 길,
수천 길 어디쯤에서
목메어 사무치는

단술 같은
막술

---

*막술 : 밥을 먹을 때 맨 마지막으로 떠먹는 밥 숟가락.

대덕사 물매화

금륜산
응달진 기슭

정이월을 놓치고
삼사월도 가버리고,
구시월을 겨우 붙들고는
연미색 꽃밥을 오물거리네

물을 문 듯
꿀 먹은 듯
함구한 암술

엎드려 민낯 들이대고
더듬대는 나를
연지 묻은 숨결로 휘몬

차라리
청초한

저 갈망의 눈길

오대천 물소리

전나무 울창한
월정사
계곡

물 갈리는 소리
돌 갈리는 소리
맘 갈리는 소리

오대천은 여울져 돌아
남한강으로 들고
자장*도 가고, 탄허도 없는데

허리가 쓸린 돌무리

외골수
너는
천 수백 년 그 자리에 앉아
적멸의 소리를 갈고 있구나

---

*자장 : 월정사를 창건한 신라의 고승.

경주 고분군 앞에서

아니,
북천北川에서 물맞이 하고
헹군 머리 탈탈 털며
돌아오셨는가

물기 채 가시지 않은
천년 머금은 백옥의 젖무덤,
저토록 풍만한 융기
숨 삼키며 훔쳐본다

무심결에 범한
마음에도 아닌 마음의 일탈에
붉은 햇살 뿔뿔이 흩어지는
서라벌 늦하늘

먹똥

검정물 물굿이 고인 묵해墨海 *

족제비, 토끼, 염소들의 머드축제장이다
옛적, 시골 황토벽에 빈대피로 댓잎 치듯
흑빛 해안에서 개어 바르는 율동무쌍의 향연,
조건 붙은 짐승에게만 출입이 허용된다

구양순, 안진경, 한석봉들과 어울려
묵향을 사르고 간 언저리는 목쉰 너울이 밀려온
머드 부산물의 집하장이 되었다

오로지 이 바닥에서만 생성되는 배설물
복요리처럼 전문가나 만질 수 있는 먹똥은
당일 수거가 필수적이다

며칠을 묵혀 떡이 된 부스러기가 아까워
맹물 풀어 무모하게 재활용 하려다간
오징어 먹물 쏘고 달아나듯, 평생 지워지지 않는

묵즙 세례가 기다린다

먹물 한방울 묻히지 않고도
똥 치는 비방을 나는 알고 있다
새어 나오려는 속웃음을 애써 막는다

---

*묵해 : 벼루를 달리 이르는 말.

입동 무렵
— 문방사우 상봉기

상강도 지난
어중간한 늦가을

숯먹물* 듬뿍 묻힌
누런 족제비가
진다리 필방에서 들여온 화선지에
수묵 산수를 친다

민가슴 살짝 파인 남포벼루,
쭈볏이 코를 쏘는 태화먹 향내 맡은
토끼, 다람쥐, 염소들이
먹똥 반꼬집**씩 개평을 떼어 간다

화제는
'어약조비'魚躍鳥飛

적성강 새벽 은어가 물안개를 걷어차고
옥정호 쌍기러기 높은 하늘을 가른다

들어 올린 낚시 어망 속
씨알 굵은 가을이
그물코에 걸려 파닥인다

---

*숫먹 : 송연묵의 다른 이름.
**꼬집 : 엄지와 검지로 집어 올린 '조금'의 최소 단위.

남한산성 · 2

섣달 한겨울이 소리내어 운다
정적을 가르는 산울음 소리

믿을 데라곤 오직 하늘뿐인 고독한 성에서
차가운 눈비에 어의御衣를 적시며
치욕을 삼키고 피눈물 쏟아낸
왕의 통곡이었다

"내 한 몸이야 죽어도 애석치 않지만
만백성이 하늘에 무슨 죄가 있습니까
조금이라도 날이 개게 하여 우리 백성을
살려주소서…"

이제는 아주 옛날이 되어버린
우익문右翼門의 처절한 기억

1637년 1월 30일 그날,
왕은 이 문을 통해 산성을 나가

송파 삼전도로 향했다

신하들이 서문 안에 서서
가슴을 치며 통곡했다

먹구름이 흘러간 삼백여든 몇 해

복받치는 비분으로 울컥일 때마다
찬바닥에 엎드렸던 역사가
불현듯이 불끈 일어서는 남한산성

그 통한의 진문陣門에는
울긋불긋 등산객들로 미어진다

시간이 지나고 또 지나는 동안
아픈 유적 틈새로 봄이 가고, 가을이 온다

그리고 다시 섣달 한겨울이 온다

해설

방치된 황무지에 언어의 유적을 건설하다

방치된 황무지에 언어의 유적을 건설하다

마경덕(시인)

사물이 지닌 기호를 해체하여 또 하나의 의미를 만드는 작업은 정교하게 이루어진다. 개별을 하나로 집합하거나 혼재된 집합을 허물어 개별로 만드는 힘은 규칙에 저항하는 상상력이다. 상상은 수평을 수직으로 일으키거나 수직을 수평으로 전복顚覆시킴으로 "현세 너머의 실재"와 만나는 일이다. 하여 우리의 타성을 뛰어넘는다.

무엇보다 시 쓰기에서 경계해야 할 것은 것은 매너리즘이다. 고정된 관습 익숙한 언어만으로는 "시의 심장"을 뛰게 할 수 없다. 비슷비슷한 모습으로 태어나는 시에게 독자는 얼마나 관대할까. "신의 능력은 완벽한 조각적 능력보다는, 아무것도 없는 상태에서 세상을 조각해 낸 그 상상력에 있다"는 어느 작가의 말처럼 일상의 소소한 떨림도 개인의 "감각적 경험"으로 재구성될 때 큰 파문으로 번질 수 있다. 기성품처럼 배열한 기표들, 나태하고 안일한 자세에 스스로 의문을 제기함으로 "시의 맥박"을 뛰게 할 수 있을 것이다.

　불안과 충돌이 넘치는 현실에서 "균형의 지점"을 찾아내는 것 또한 "시인의 과제"이다. 문학은 치명적인 부위를 건드려 진실 속으로 들어가는 일이다. 송민우 평론가는 "저 멀리에 있는 빛이 미약하다는 것을 알면서도 꿋꿋이 걷는 행위, 거기에 바로 문학의 윤리가 있다"고 했다. 신형철 평론가는 『몰락의 에티카』에서 온 세계가 성공을 말할 때 문학은 몰락을 선택한 자들을 내세워 삶을 바꿔야 하며 세계는 변해야 한다"고 말했다. 이것이 몰락 이후 문학이 보여줄 첫 번째 표정이며 문학의 에티카윤리라는 것이다. 스스로 몰락을 선택한 자들은 세상이 부르짖는 성공을 부러워하지 않는다. 문학은 우리의 태도와 의식을 바꿀 힘이 있다. 의식체계를 구성하는 사회적 약속과 사물의 가치를 변별하고 자기의 행위에 대하여 선과 악의 판단을 내리는 도덕적 의식, 즉 "양심의 밑절미"가 문학의 힘이다. 시인이 선택한 실패는 세상이 선택한 성공보다 월등한 정신적 가치를 지닌다.
　대상을 관찰하고 기록하는 방식은 저마다 다르다. 류병구 시인은 어떤 "문학적 윤리"를 지니고 있을까. 주변으로 밀려 사라져가는 고유의 언어를 찾아 "시의 뼈대"를 구축해나가는 류병구 시인에게 시 쓰기는 개척開拓이나 다름없다. 방치된 황무지에서 녹슬어가는 우리말을 찾아내는 이 작업은 자신만의 빛깔로 "언어의 유적"을 건설하는 일이다.

일상이나 기억에서 멀어진 잠자는 언어를 부축해서 일으키는 것은 이끼 낀 그것들을 닦아 숨 쉬게 하고 본래의 얼굴을 보여주는 일이다. 온실에서 키운 화초와 들에서 자란 들꽃의 향기가 다르듯이 류병구 시인의 시 속에는 "생생한 날것" 그대로의 냄새가 배어있다. 그것은 마치 오래된 다기에 새겨진 수많은 실금을 "시간의 무늬"라고 인정하는 것과 같다. 공장에서 갓 태어난 매끈한 찻잔에는 단순한 아름다움만 있을 뿐, 수없이 찻물을 우려내던 체취와 향기가 없다. 시간의 흔적이 내려앉은 묵은 찻잔에는 형용할 수 없는 그리움의 깊이가 있다.

옛 자취를 들춰 전통성을 추구하는 류병구 시인의 작업은 그런 맥락으로 읽어야 한다. 시인의 뜨거운 호흡으로 조합한 한 편 한 편은 우리글의 가치를 깨닫게 하고 자부심마저 갖게 한다. 왕의 무덤이나 유적지에서 시공간을 초월한 장엄한 역사가 출토되듯이 시인이 발굴한 고풍스러운 언어들은 고유의 아름다움으로 반짝거린다. 우리의 것을 사랑하는 시인의 출현으로 우리말의 쓰임새가 풍성해졌다. 문화가 바뀌고 옛것이 사라져가는 지금 무엇보다 주목할 점은 옛것에서 의미를 찾아내어 현시대의 맥락과 관점으로 접목한 점이다. 「늦가을과 초겨울 사이」에서도 계절의 표준이 되는 절기節氣와 실생활을 접목해서 보여주고 있다. 이 "색다른 담론談論"에 동참하고 의미를 부여하는 것은 매우 뜻깊은 일이다.

아침결 양재천,

징검다리 돌턱에 걸린 낙엽들이
거센 유속과 기력 쌈을 하고 있다

쓸어가려는 물살과
죽기 살기로 버티는 몸부림

새참 요기도 못한 잉어들이
불안한 눈을 부릅뜨고,

각진 돌 좁은 고랑으로 감겨 도는 바람살에
늦가을이 혼절한다
못다 운 울음이 수면 위로 차오른다

맴도는 물오리에게 승패를 물어보니
"겨울의 완판승입니다.
판정을 미루고 있을 뿐…"

하필이면 낼모레가 입동이다

—「늦가을과 초겨울 사이」 전문

판을 뒤엎으려는 힘겨루기가 양재천에서 벌어지고 있다. 흥망성쇠의 기운이 자연에도 적용된다. 양재천 돌턱에 걸린 낙엽들이 거센 유속과 기력 쌈을 하는 모습이 마치 인간과 인간의 전쟁을 방불케 한다. 배후가 있어 양재천을 건너는 유수流水가 힘차다. 늦가을과 초겨울의 팽팽한 대립이다. 입동을 지원군으로 둔 초겨울 쪽으로 힘이 기울어 늦가을이 혼절한다. 겨울의 완판승이다.

대립은 서로 배제하면서 상대相對하는 관계이다. '칸트'의 대립 개념에서는 실재적 대립의 대립항은 두 개의 적극적 규정이라고 하였다. 서로가 서로를 규정하고 동시에 서로가 서로를 배제하는 실재적인 대립은 모든 사물의 동력이며 원천이기에 해결 단계에까지 서로 배척하고 부정하며 투쟁하는 관계라는 것이다. 이때 불화는 하나가 되기 위한 충돌이다. 일치하지 않는 두 개의 계절은 하나의 계절로 확정되며 틈과 틈, 간절기間節氣는 이렇게 이어지고 메워진다. 둘 사이를 관통하는 공통점은 '흐름'이다. 천川도 흐르고 계절도 흐름으로 인간의 힘으로 어찌할 수 없는 시간의 흐름을 보여주고 있다. 류병구 시인의 특장점은 한 발 물러서서 관망하는 것이다. 은근한 능청스러움은 시편 곳곳에서 발견된다. "맴도는 물오리에게 승패를 물어보니" "하필이면

별모레가 입동이다"에서 알 수 있듯이 특유의 기지機智는 저절
로 미소를 짓게 한다.

옛 자잘한 추억을 깁다가
솔기 터진
노리개 하나를 만지작거렸네

병상에 누운
막내 고모 처녀적에

풀솜 재워 공글린
청홍색 바늘집

사진 액자에 눌린 괴불,
몽실한 세모꼴 바랜 자죽이
설핏 아른거렸네

그 틈새로
누진 저녁 어슴푸레 다가오고
쇤 노을이
울컥 붉어지는 걸 보았네

—「괴불의 추억」전문

색 헝겊을 세모로 접어 솜을 두툼하게 넣고 수를 놓는 괴불, 어린아이가 주머니 끈 끝에 차는 조그만 노리개를 만지며 병상에 누운 막내고모의 청홍색 바늘집이 생각났다고 한다. 실을 켤 수 없는 허드레 고치를 삶아 만든 풀솜, 알록달록한 바늘집은 아름다운 추억의 한 자락이며 "솔기가 터진" 아픈 기억이다. 병상의 막내고모는 어찌 되었을까. 액자에 소중히 받쳐진 괴불 속에는 세모꼴 바랜 자국이 있다.

노리개의 장식품인 괴불과 실용품인 바늘집은 전혀 다르다. 시인은 기능이 서로 다른 두 개의 것을 병치시켜 유사성을 찾아내고 있다. 알록달록한 천과 솜으로 속을 채운 두 개의 물건은 화자와 막내고모의 관계를 이어준다. 주머니에 담긴 기억과 바늘집에 담긴 기억이 있다. 노리개는 말 그대로 멋을 더하는 장식품이지만 바늘집은 날카로운 바늘을 담아두는 "바늘의 집"이다. 터진 솔기를 꿰매주던 바늘은 아픈 고모를 연상하게 한다. 그 틈새로 누진 저녁 어슴푸레 다가오고 쉰 노을이 울컥 붉어지는 것으로 고모에 대한 그리움을 유추할 수 있다.

바늘쌈, 괴불은 참빗이나 비녀처럼 이제 일상에서 보기 힘든 것들이다. 한때는 요긴했던 것들이 겨우 관광 상품으로 맥을 유지하고 있다. 류병구 시인은 이처럼 우리의 주변에서 멀어진 전통적인 우리의 것을 불러와 기억을 환원시킨다. 누군가는 이런 질문을 할 수도 있다. "이미 후퇴해버린 한물간 것들을 다시 찾아서 무엇에 쓸 것이냐고?"

한 시대 한국문학을 이끈 김현 평론가는 「한국 문학의 위상」에서 "살아생전 내내 어머니는 나에게 써먹지도 못하는 문학은 해서 무엇하느냐는 질문을 던지셨다. 이제서야 당신께 뒤늦은 답을 한다. 문학은 권력에의 지름길이 아니며, 그런 의미에서 문학은 써먹는 것이 아니다. 그러나 역설적이게도 문학은 그 써먹지 못한다는 것을 써먹고 있다. 문학을 함으로써 우리는 배고픈 사람 하나 구하지 못하며, 큰돈을 벌지도 못한다. 그러나 바로 그러한 점 때문에 문학은 인간을 억압하지 않는다. 인간에게 유용한 것은 대체로 그것이 유용하다는 것 때문에 인간을 억압한다. 유용한 것이 결핍되었을 때의 그 답답함을 생각하기 바란다. 그러나 문학은 유용한 것이 아니기 때문에 인간을 억압하지 않는다"고 했다. 아이러니하게 문학은 없어서는 안 될 절대적인 것이 아니어서 억압받지도 억압하지도 않는다. 써먹을 수 없음으로, 써먹을 수 없는 힘으로 써먹는 것이다. 솔기가 터진 괴불에는 우리가 잊고 살던 애틋한 그리움이 들어있다. 이 사소한 기억으로 누군가는 한 사흘 밥을 먹지 않아도 배부르겠다.

    언덕배기 오름길이
    좀 되다고 생각했다
    오래잖아 사라질 달맞이 벽화마을

    진 빠진 늦담쟁이가

고샅바람 한 자락에 쓸려
담벼락을 붙들고 가쁜 숨을 쉰다

쇠대문 삐거덕 소리에 놀라
쪽마당에서 졸던 팽이 입에
혓바늘이 돋았다

퍽 오랜 정분을
포개 묻은 밤골

'철거' 'X'
멋대로 갈긴 스프레이 붉은 칠은
다 해진 적막을 지키는 부적들

떡시루 시룻번 떨어지듯
포클레인 굉음에
떨리는 고압 물줄기가 포물선을 그리며
서럽게 부서졌다

늙은 가지에 매달린 긴장한 홍시도
물땀을 흘린다

꽃술에 곤드라진 얼룩나비에 채 잡혀

밤골상회 언저리서 반나절을 탕진한

양녕로 34길

─「시룻번 떨어지듯」 전문

타인의 감정, 생각, 당면한 처지에 대해 우리는 얼마나 공감할 수 있을까. 양녕로 34길 밤골상회 언저리에서 반나절을 보낸 시인은 무엇을 보았을까. 한 편의 침통한 시는 그것을 읽는 자에게 인간을 억압하고 불행하게 만드는 것에 대한 자각을 불러일으킨다고 한다. 억압하는 세상의 부조리를 바라보며 인간의 자유와 진정한 행복에 대해 깨닫게 되는 문학은 "고통스럽게 행복을 생각하는 것"이라고 한다.

시룻번 떨어지듯 허물어지는 달맞이 벽화마을 언덕배기 오름길에 진 빠진 늦담쟁이가 고샅바람 한 자락에 쓸리고 있다. 포클레인 굉음에 고압 물줄기가 쏟아지고 삽시간에 마을이 사라지는 중이다. 이곳에서 뼈가 자란 누군가의 소중한 추억도 함께 해체되고 있다. 기대어 살던 수많은 시간도 잘게 쪼개져 먼지로 날린다. 텃밭에 심었던 봄도 뿌리째 뽑히고 있을 것이다. 어찌 눈으로 보이는 것만이 전부겠는가. 밤늦도록 자식을 기다리던 어머니의 기다림도 삐거덕거리는 녹슨 대문이 알고 있을 것이다.

그 상황에도 한 송이의 꽃이 있어 얼룩나비는 꽃술에 빠져 있다. 여기서 주목해야 할 것은 "현존"과 "부재"이다. 꽃이 사라지면 나비도 사라진다. 담이 허물어지면 담쟁이도 사라지듯 사람의 기억도 마을과 함께 사라진다. "부재의 시간"을 눈앞에 두고 시인은 밤골상회 언저리에서 반나절을 탕진했다고 한다. 힘없이 시룻번이 떨어지듯 뿔뿔이 이웃이 흩어지고 동네가 사라지면 정든 고향도 하루가 다르게 타향이 되어간다. 새로 들어설 고층 아파트는 손때 묻은 누추한 기억을 뭉개며 우뚝 치솟고 밀려난 자는 또 도시의 변두리를 떠돌 것이다. 초라한 담에 덧칠해놓은 화려한 벽화들이 속절없이 지고 있다. 가난한 자의 비애悲哀가 잘 녹아있는 작품이다.

상강도 지난
어중간한 늦가을

숫먹물 듬뿍 묻힌
누런 족제비가
진다리 필방에서 들여온 화선지에
수묵 산수를 친다

민가슴 살짝 파인 남포벼루,
쭈뼛이 코를 쏘는 태화먹 향내 맡은
토끼, 다람쥐, 염소들이
먹똥 반꼬집씩 개평을 떼어 간다

화제는

'어약조비'魚躍鳥飛

적성강 새벽 은어가 물안개를 걷어차고

옥정호 쌍기러기 높은 하늘을 가른다

들어 올린 낚시 어망 속

씨알 굵은 가을이

그물코에 걸려 파닥인다

—「입동 무렵」 전문

　"문방사우 상봉기"라는 부제가 붙은 작품이다. 붓, 먹, 종이, 벼루가 한자리에 만나는 「입동 무렵」은 류병구 시인의 특유의 쫄깃하고 구수한 어투를 맛볼 수 있는 작품이다. 좋은 붓은 네 가지 덕을 갖추고 있다. 끝이 뾰족한 첨尖, 가지런한 제濟, 털의 모듬이 원형을 이룬 원圓, 획을 긋고 난 뒤 털이 일어나는 건健이다. 진다리붓은 이런 조건을 갖춰 문인에게 사랑을 받는 붓이다. 진다리 필방에서 들여온 화선지에 수묵 산수를 치는 것은 족제비 털로 만든 붓이다. 민가슴이 살짝 파인 남포벼루에 태화먹 향내 맡은 토끼, 다람쥐, 염소들이 먹똥 향내를 맡고 반꼬집 씩 개평처럼 먹물을 떼어간다. 화선지 한 장에 수묵산수를 앉히려면 갖가지 붓이 필요하다. 힘차거나 섬세한 붓의 결을 따라 물고기는

뛰고 새는 하늘을 난다. "들어 올린 낚시 어망 속/씨알 굵은 가을이/그물코에 걸려 파닥인다「입동 무렵」부분" 는 마무리는 가히 절창이다. 그물 속 가을은 씨알이 여물었으니 곧 '입동'인 것이다. 절기를 통해 보여주는 이 능청스러운 매력이 류병구 시인이 지닌 글의 힘이다. 일련의 상황을 추상적인 개념으로 설명하지 않고 행동으로 보여주는 것처럼 실감이 난다. 시인이 활유법으로 보여주는 표현법은 타인과 공감을 나누는 상징적인 행위들이 실제와 같은 느낌을 주고 있다. 「입동 무렵」에는 해학이 담겨 있다. 풍자가 조롱을 앞세운 "비판적 웃음"이라면 해학은 인간에 대한 "동정과 이해, 선의의 웃음"을 담고 있기에 긍정을 전제로 한다. 우리 고유의 언어를 사용해 익살과 재치를 보여주는 「입동 무렵」 그림과 시로 풍류를 즐기던 선비들의 운치가 묻어난다.

장맛비가 스쳐가는
시흥 관곡지

연꽃을 수태한
만삭의 물방울들

이슬 비칠만 하면
장대비에 쏠려
유산,

또 유산…

연거푸 잃었다

묵묵히 삭이며
다른 때를 기다리는
비릿한 소멸

―「거룩한 산실_{産室}」 전문

시흥 관곡지 연못은 지금 산실_{産室}이다. 연못이 연_蓮을 수태한 것이 아니라 빗방울이 연을 수태했다니, 놀라운 역발상이다. 코팅 처리가 된 연잎으로 물방울이 스밀 수 있을까. 만삭인 빗방울은 장대비에 쓸려 줄줄이 유산이다. 연잎의 버릇대로 연은 또르르 물방울을 굴린다. 비에 젖는 연못의 모습이 시인의 눈에 영락없는 "거룩한 산실"이다. 작은 물방울 하나에도 생명을 불어넣는 상상은 때 묻지 않은 아이의 눈으로 볼 때만 가능하다. "모든 사물은 영혼이 있으며 그 영혼이 인간에게 영향을 미친다"는 믿음이 물활론_{物活論}이다. '피아제J. Piaget'는 대개 4~6세 유아는 생명이 없는 대상에게 생명과 감정을 부여하는 식으로 생각하는 경향이 있다고 했다. 초기 그리스 자연철학자 '탈레스도 자석이 쇠를 끌어당기는 것은 영혼을 갖고 있기 때문이라 했고, 물은 만유에게 생명과 활력을 주어 신_神적이며 그렇기 때문에 "만물은 신들로 가득 차 있다"고 주장했다. 물은 생명이다. 그러므로 생명이 태어나는 곳이 산실인 것이다. 연은 뻘 속의 뿌리에 묶여 중심을 잡지만 물방울이 붙잡을 곳은 연잎뿐이다. 물방울은 외부의 힘에 의해 깨지기 쉽다. 사람의 목숨도 이 물방울처럼 깨지기 쉬운 것이니 생명, 뒤편은 늘 죽음이 도사리고 있다. 하나로 묶여있는 생명과 죽음은 아차 하는 순간에 뒤집히기도 한다. 생명의 원천인 물방울이 쉽게 부서지는 것과 같은 이치가 아닌가. 풀잎에 매달린 이슬처럼 가벼운 것들이 또 위대한 역사를 이루기도 하니 시인은 물방울 하나도 "거룩한 존재"로 인식하고 있는 것이다.

겨울이 흰 수건을 던졌다

TV도 끄고 내처 잤는데도
밤이 남았다
가용 포인트로 바꿔 쟁여두고
스르르 낮잠들 때 빼다 쓸 요량이다

경칩 날 꼭두새벽,
이르게 몸을 푼 서귀포 백목련이
밤새 달려온 조간신문 갈피에서
선잠으로 뒤척인다

기혈의 흐름이 심상찮은 사이

덜컥 불거진 꽃망울들

봄비가 내린다

살얼음 박힌 봄을 쪼개며 녹아 흐른다

경칩맞이 산개구리들이

삼월의 칠부능선을 서둘러 넘어간다

─「경칩 이후」 전문

복싱이나 이종격투기에서 도중에 링 안으로 날아드는 흰 수건, 경기에 불리한 선수 쪽 코치가 백기를 들 듯 흰 수건을 던진다. 게임의 승패보다는 위험에 처한 선수를 보호하려는 눈물어린 항복이다. 경칩 이후에 겨울도 더는 버틸 수 없어 흰 수건을 던졌다. "힘이 빠진" 겨울과 "힘이 넘치는" 새 봄의 대결을 흰 수건 한 장으로 압축한 솜씨가 놀랍다. 내처 자도 사용가능한 '가용 포인트' 밤이며 잠이다. 봄이 오면 춘곤증이 오고 졸음이 늘면 그때 빼다 쓸 요량이라고 한다. "경칩 날 꼭두새벽,/이르게 몸을 푼 서귀포 백목련이/밤새 달려온 조간신문 갈피에서/선잠으로 뒤척인다「경칩 이후」부분" 니 아랫녘에서 달려온 봄소식이 조간신문 갈피에서 선잠으로 뒤척인다니, 이른 봄이다. 봄비마저 지원군으로 나서서 봄의 속살에 박힌 살얼음 녹이고 있다. 삼월의 능선을 넘어가는 경칩맞이 산개구리도 봄의 전령사이다. 이 모든 것을 지켜보던 꽃망울이 심상찮은 기운에 덜컥, 붉어진다. 모두 경칩 이후에 벌어지는 일들이다. 경칩을 전후로 확연히 계절의 전세戰勢가 바뀌고 있다.

　　류병구 시인은 일상에서 마주치는 사소한 것들에게 의미를 부여해 자신만의 시선으로 풀어놓는다. 시인이 시와 충돌하는 지점은 주로 주변이다. 시의 엑기스를 추출하여 언어를 배치하는 솜씨 또한 탁월하다. 그 누구도 닮지 않은, 그래서 색깔이 분명하다. 무엇보다 그의 시는 봄볕처럼 따스한 기운이 있다. 괴테는 '부드러운 것, 여성적인 것이 우리를 구원한다'고 하였다. 전쟁은 파괴를 전제로 하기에 역사에서 대부분 남성들이 일으킨 전쟁이 구원일 리 없다는 것이다. 신분제도는 더 고귀한 누군가에게 예속되는 법이어서 가부장을 중심으로 계승하던 신분제도가 해방일 수 없는 이유였다. 결국 부드럽고 따뜻한 것이 사납고 차가운 성질을 다 녹이고 휘어지게 한다는 결론이다. 사랑의 힘이다. 그토록 매서운 추위마저도 따스한 봄의 입김에 주춤주춤 물러서고 있다.

　　　전나무 울창한

　　　월정사

　　　계곡

물 갈리는 소리

돌 갈리는 소리

맘 갈리는 소리

오대천은 여울져 돌아

남한강으로 들고

자장도 가고, 탄허도 없는데

허리가 쓸린 돌무리

외골수

너는

천 수백 년 그 자리에 앉아

적멸의 소리를 갈고 있구나

—「오대천 물소리」 전문

숲에 딸린 계곡의 목소리가 기운차고 맑다. 바위에 부딪치는
물소리가 바위를 갈고 마음까지 간다. 유연하고 순한 물에 단단
한 바위가 닳고 있다. 흐르는 물이 보이지 않게 바위의 살점을 떼
어내고 있다. 알고 보니 갈리는 것이 "물이 아닌 바위"였다. 숫돌
이 칼을 갈듯 물이 바위를 가는 것이다. 그 갈리는 소리가 울울
창창鬱鬱蒼蒼이다. 흐르고 흐르는 부드러운 물살, 그치지 않는 끈

질김이 바위를 이긴다. 시간에 떠밀려 '자장'도 '탄허'도 가고 없다. 부귀도 권세도 명예도 쇠하고 쇠하여 다 흘러갔지만 여전히 계곡의 물소리는 살아있다. "외골수/너는/천 수백 년 그 자리에 앉아/적멸의 소리를 갈고 있구나「오대천 물소리」부분"에서 볼 수 있듯이 인간은 유구한 자연 앞에서 미약한 존재일 뿐이다. 적멸寂滅은 곧 죽음을 이르는 말이다. 그 죽음의 세계를 벗어날 인간은 아무도 없기에 외골수로 그 자리를 지키는 허리가 쓸린 돌무리만 적멸의 소리를 갈고 있다. 적멸의 경지에 이른다는 말이 있다. 자신이 갖지 않아도 될 번뇌를 스스로 갖게 되면 적멸의 대상이 되지만 마음속에 어떠한 것도 담지 않는 자는 행동과 말에서 이미 피안의 세계에 들게 된다는 것이다. 그것은 하늘이 주는 평안이다. 평안을 누리며 오대천 물소리는 이어지고 이어진다.

류병구 시인의 제3집 『낮은 음역의 가락』도 이와 무관하지 않다. 이제 중견中堅에 든 지긋한 시인은 어디서나 자신의 목소리를 높이지 않고 남의 말을 경청하는 겸손함이 있다. 낮은 자리에 자신을 내려놓지 않으면 할 수 없는 일이다. 낮은 음역의 가락으로 펼치는 제3집에서도 시인이 지닌 덕목이 보인다. 시대의 흐름에도 곁눈질하지 않고 자신만의 개성을 보여주는 탄탄한 "사유와 역량"으로 독자의 마음을 끌어당긴다. 이 시집에 기록된 무늬들은 계절마다 다른 "시간의 무늬"이다. 절기마다 다른 표정을 살펴 섬세히 기록한 시인의 빼어난 감성은 우리말이 지닌 "아름다움의 근간"을 이루고 있다. 언어가 훼손되어가는 현시대에 류병구 시집은 "우리말의 지평"이 될 귀중한 사료史料가 될 것이다. 시인은 유행하는 시풍과 흐름에 섞이지 않고 묵묵히 시의 길을 가고 있다.

다할시선 005

낮은 음역의 가락

2019년 3월 25일 초판 1쇄 인쇄
2019년 3월 30일 초판 1쇄 발행

지은이   류병구
펴낸이   김영애
편 집   윤수미
디자인   이유림
펴낸곳   SniFactory (에스앤아이팩토리)

등 록   제2013-000163(2013년 6월 3일)
주 소   서울시 강남구 삼성로 96길 6 엘지트윈텔1차 1402호
          www.snifactory.com / dahal@dahal.co.kr
          전화 02-517-9385 / 팩스 02-517-9386

ⓒ 2019, 류병구

ISBN   979-11-89706-71-5   (03810)   값 9,000원